JN221982

歌集

叙唱
レチタティーヴォ

recitativo

阿部久美

Abe Kumi

六花書林

叙唱　レチタティーヴォ　＊　目次

I

Ⅲ

カバー写真　矢吹尚也
装幀　真田幸治

叙唱

レチタティーヴォ

I

私語

ここからとつま先を置きゆふぐれの影にも消たる銀の線引く

濃く淡くくちづけられしつま先は冥き彼岸の花野にたちき

掬はれてぬるい小川にもういちど捨てられた沓、いいえ緋の魚

手を叩き鯉を呼び寄す水ほとり腰からしたの記憶うしなふ

夏終へてどの夕べにもあらざりきあなたのまことまことのあなた

ほろびたる蛾の王国の蛾の民は思ふさまなる放埒を、せず

迎へ火は青き夕月　送り火は紅き残月　亡き影かよふ

立葵ひとの丈越えさらに越え遠つ国とはひるぞらの裏

切れかかる蛍光灯の私語（ささめき）はやがて交はる雨音待てり

目隠しの指の間（あひ）よりつゆくさの青を見たりしうずくまる鬼

朝光（あさかげ）の扉の下におちてをり死にたる蜻蛉つながりながら

ひとつからまたはじめるといふやうに靴とんとんと壁ぎはに立つ

縁石にせきとめられて枯れ落ち葉くるしくるしく風と過ごせり

脱ぎしシャツ椅子の背にかけそのままの昨日の上にふりそそぐ朝

たて笛で吹きしことある一曲がずいずいこころに沁み入るごとし

職場にて

そよそよとメモ用紙のみは残されてわたしの分はここに置きます

蠟燭のほのほがついと消ゆるときこころが声になりたるあらら

みなさんの、わたしもですがでたらめな制服のしわ、御身大事に

御破算

新雪を踏み踏み先をゆく猫よふり向くことをせずなり今朝は

哀れかな　ひたひの毛並み悪しき猫　夜の隣は夜の御破算

ここに降る乾いた軽い雪にして詮無きものを払ひ落とせる

さざなみのほとりに体を運ばれてよく息せよと言はれて以来

こんもりと雪に包まれにんがつの傾(なだり)に立てるお地蔵菩薩

しやつくりの真昼間のぞく鏡にはをかしな虹が点々滅々

ゆるみたるネギのあたまをいぢりながらどんなはなしも心に沁みない

あなたを、待ちますからと言ひ残し雨、虹、人の順番に消ゆ

この曲を聴いたら行くよ冬のむかう小さく誰かわたしを呼んでる

すれすれに涙を止めておとうとの手をひいてゐる　また夢であり

でたらめな食欲はありぱらりぱらり甘きかけらを奈落にこぼす

つたん

雪みちに路肩のあらず吹き溜まる枯れたものやらなにやらもなし

皺なせる銀紙のやうきさらぎの海のほかには見えぬ窓なり

バスタブの栓抜くときのうづのなか小さいわたしが溺れてゐます

手の甲で涙鼻水拭いてゐるネクタイ締めて革靴はいて

なき声とおもへどそれは貧弱な椅子のきしみにすぎず春寒

用もなき思ひ出なれど花柄のスカートを履き漕ぎてゐたりき

小刻みに窓打つものを愛(かな)しめり雨かといへばさうでもなくて

春待ちのすさびにひらく電子手帳びた一文のびたを訊ねる

蛇口よりつたんと落ちてこの余韻いままでの冬これからの春

春の終点

春の泥乾かぬ上に雪は降り雪のあるいは泥の感傷

弟のあやまる声のほそきことほかにいかなるさびしさやある

ひとくれの汚れた雪が残りをり五月一日倉庫の脇に

降り出して埃の匂ひある宵を物憂く歩く駐車場まで

前（さき）をゆくともしび少しふくらんで春の終点なのかも知れず

*

アカシアの咲いてよごれた白がある夜の窓から夜を見るとき

傘さして花園歩道公園の朝を横切るわたしがあまおと

輝きは濡れた夜道の濡れた黒きれいだけれど夜道はこの世

敷石のすきまに生えるあら草のまつ毛にきのふの雨の雨粒

夏の風さわんと鳴つてそれつきりわたしのことはたかが知れてる

秋のはなし

赤鬼と青鬼ならび膝ついて暑寒別川くちつけて飲む

仔犬には仔犬の匂ひせつなさを嚙んで含めるやうに抱けば

鈴の音のまじる風かな御詠歌のあとさきに振る舌のある鈴

側溝に割れた鏡にマイケルの寝墓に積もる今年の落ち葉

鍵穴に鍵差す鍵抜く朝夕の銀杏ころがるほどの手応へ

低い空なにに喩へるまでもなく　見送りならばここまででいい

それでいい

それでいいいいんだけれど今ですか油尽きれば消える仕組みに

これは冬さらに言ふなら冬の海ひどい暗さが広がってます

茶簞笥の上にひとつぶ栗を置き栗置きしこと忘れて父は

ちひさなひしやげた栗を拾ひしは雪降るまへの父の出来事

寒がりの幽霊なのかストーブのそばで甘酒かきまはしてる

傾斜

呼ばれしも応へる声の出ぬ夢にあなた一人を置きて来たらし

龍淵寺本堂にある地獄図の右上角の極楽に、雪

ためし書きの気合ひこもらぬ螺旋ありて恋は愚かといふにあらずや

墓石みな白き帽子をかぶりをり揃ひの向きにひさしをあげて

囀らねばならぬの鳥と名をつけて午後のしばらくともに居りしも

天女たち雲と遊べるレリーフに昼の幽かの自然光さす

坂道を転がり落ちて雪まみれ雪で好いのか白で好いのか

ほど近く海あるゆゑに美しく傾斜してゐるひとの躰は

寝ね難く夜々に訪ねし沼底に金銀の斧錆びて沈めり

山岳の谷間のやうなところへとすべりおとして日々のおろそか

冬の川

たたたんと足踏みをして靴の雪おとして入れ楽土に浄土に

雪道を人の歩める足跡がぽつぽつ続くこの世の外に

やさしさをまだ捨てられぬ牙のやう細く終はりし勾玉の尖

豆喰らふごとくに鬼は人喰らふ顔より高くいつたん放り

雪の日の降るさま映しこの川はもうすぐ川を終へるやさしさ

ゆるやかに海へとむかふ川であるわたしはぢきにわたしを忘る

あの世でもこの世でもあるなかぞらかかたち作らぬ雲あるばかり

花園町

参らうと差し伸べらるる手のうへに手を重ねつつ秋へ入りゆく

夜の風　花園町のアカシアに千のたはごと語らせ止まず

濃い霧に暑寒やまやま包まれて何曜日だかわからない朝

海までのまつすぐの坂　両脇にエゾノエノコロさみしくゆらし

五倫塔婆寺に届ける途中にもにはか雨とは降ります止みます

くれなゐとうすくれなゐと肩並めて順に抱けとふ訪問であり

姿かへ戻りしものと連れだちて落ち葉敷く道あゆむ昼なり

階段の手すりにそれからこの靴にゆふべの雨のしづくころがる

睦まじく兄弟僧侶むき合ひて交互に笑ふ　秋晴れといふ

果樹園に黄なるりんごを買ひにゆきそこで短く雨に打たれつ

晴天ゆ銀杏（いちやう）黄葉（もみぢ）は降りやまず前世に恋ひしひとをまた恋ふ

こぎつね

降り方はほろびるまへの笑みに似て結論言へば秋はうつくし

こぎつねのやうな貌して銀杏の葉わたしのそばを行き来してをり

母は黒わたしは黄色おそろひの冬の帽子をかぶりし記憶

葉を落とし木々がなんともうつくしい間隔保つ遠景であり

冬木立　人よいつもの服を着て手をふるや人　仮想なれども

あふとつ

おづおづと覗いて雪をたしかめる「左様ですか」と戻すカーテン

雪道のタイヤの跡は雪のいろ陽にあふとつのきは顕はなり

ひねり捨てし紙屑ほどけゆくやうな湯船の我が身かそけく音す

高く細い声がきこえて一匹はながされてゆき一匹は沈みき

雪わだち険しき道を転びたる老い人手足の溺るるやうな

起き上がり方向きめて老い人のさして足元見ぬ歩みなり

まひるまの木立の上にゐてくれし顔を埋めたくなるやうな雲

やがて、はなれて

めくばせのごとき雪ふるつまらないわたしのまへにちらんちらんと

察するに切りだしかねてゐる人か真紅の花にまづ触れてをり

灯りもるる窓のやうなる一部分ひとのからだにありてかなしむ

体温をもつもの他に居らぬ部屋パンにひろげるジャムの朝明け

借景とわが窓よりの街路樹をもの食みながら春も見るだろ

出しっぱなしにジャムを傷ませ後悔の三月ですかですかと自問

脱ぎ揃へ並びてあればしみじみとお爺さんらのゴム長靴よ

身めぐりの闇の弾力とほくへと放つたつもりのセーターがここ

傷口をおさへるやうな抱擁をやがてはなれて鉢に水遣る

無題

なきがらのひとつひとつをはなれたるたましひたちの春か、かがやく

泥水

水際のつま先のいふ「佳境」とはどうでもいいとなつてからさき

ふかみどり　五月の雨がその屋根をあふれて軒に垂るるさま見ゆ

六月の泥水みたいな夕やみを鍼してもらふ右腕がゆく

七月のあからさまなる蜘蛛の網ゆふかた見ればすでに滅びき

服脱いで楽になりたい八月の蛾が止まります階段てすり

きりぎりす絶え間なく鳴く鳴き声のやるせなき正午(ひる)そして昼過ぎ

薄き肉ちりちり焦がし夕餉とす前足そろへるおまへにもやる

みてゐると意外なあなた泣いたあと鉛筆削りで鉛筆削る

さうめんをおまへにもやる前足をじつにきちんと合はせをるゆゑ

とぼとぼと秋に入りゆく道端のある日のカモメわれに似てゐし

ラーメンの器の縁に青龍を飾りつらつら人のさびしさ

窓閉さすと立ちてゐる人ほのしろき軌跡見せつつ腕の上げ下げ

さはやかに月あるけふを眠らずに樹はしなやかさ人はさびしさ

指さすところ

この世にはさびしき花も咲けるゆゑ見よとあなたの指さすところ

たましひかなにかのやうに尾を曳いてゆふべ横切るビニールの袋

ひとつまみの塩にまよひて立ちてをり厨に月のあかり入るころ

石鹸を濡れ手につつむ夜が来て溺るるやうなまつさをのかほ

駐車場にみじかく見上げそのままに置き去りにした月だと思ふ

雨の夜は月を言ふ人をらずなりただ街灯がどれも綺麗だ

明るさの月に似通ふ電灯がしづかに夜を集めてゐたり

ますぐなる枯れ葉落ち葉の敷く道を行きて帰りて一日を終ふ

舞ひ上がる紅葉黄葉をくぐりぬけ祝福されて今朝あるごとし

喇叭飲み（題詠：ペットボトル）

あの夏のペットボトルに閉ぢ込めし逃げ水か今朝あふれ出づるも

躊躇なくいま捨てたりし空つぽのペットボトルとわれと似かよふ

貸し借りの互ひにありて雪の夜のペットボトルとわれとごみばこ

遠からぬ春と聞く日は鮮しきみづのキャップを開けるあかるさ

身の内に花の根ひろがる感じしてのどを伸ばしてする喇叭飲み

寒さの日

一昼夜停めておきたる自動車に雪積もりをりその雪はらふ

おびただしきちさき足跡さつするにわれより先に猫は来たらし

セントラルパークの池の陽溜まりに鳴けるカモメをラジオに聞くも

土踏まずいかなるかたちにさはさはす寝そべる虎の尾を踏むとして

いちべつも虎はわたしをふりむかずされば何度か何度も尾を踏む

父はまた外套のまま椅子にゐて冬へ冬へと老い進めゆく

ゆづりあふせまき雪道ゆづられてかたじけなしとおくる警笛（サンキュー）

落花生ぱちぱちわりて食べやまぬしづかな夜をわたしの独り

ぼんやりと雪の嵩など見るうちに庭に出でゆきかくんと覚める

性悪のうさぎの態で降つてゐる雪よおまへにやわかるまいとて

爪切ると思ひて爪切り持つまでの小半時もの妄想あはれ

はいいいえ返事はかすれやすくありですねですねと確認されて

「さて」といふ決意がちよつと甘くなるおのれの髪が唇(くち)にはさまり

ヒツウチのころの遠さよ流氷が着いたり割れたりするやうなころ

道あらばちやんと歩けと死者たちがこの世のことを祈りてくれし

波及

一面に菜の花の咲く処へと走つて逃げる今、途中なり

無伴奏でいきますと言ふ雲が言ふ探し物して見上げしときに

菓子パンの屑と思ひて近寄れば花びらであり　どちらでもよし

笹だんごほどいてみたらふたひらの笹の葉つぱの半死半生

そつくりだ　裸足のときの足音と紙を数へるしづかな音と

開けたとき「プシ」といふから「ペプシ」だよ　母がつきたる嘘のひとつに

〈為替〉と〈株〉聞かずに消せばそのあとはペプシの泡がささやくばかり

＊

アポロ着きし「静かの海」のささ波や今朝のグラスの水に及びぬ

風鈴の短冊ゆれて風鈴の鳴らぬことあり力およばず

壜にゐるサカサクラゲの不規則のひらいてとぢて見つつ眠りぬ

すたこら

見えてゐた灯りがここで逸れてゆく道なりに来てここが湾曲

山見えてその輪郭もくつきりと高さ広さのはつ夏の窓

自転車をこぐこぐ坂がえんえんと続きませうかいいえもうぢき

きのふより仮想にリスを飼ひてをり肩や頭に乗せるなどして

てのひらにゐることにして撫づるリスゆらゆら湯気とひとしき甘さ

慎重にひとつひとつに分かつなりあをくうづまく蚊取線香

先ほどの手もちぶさたが拾ひたる小石ひとつを橋から放す

国道が沿岸に弧を描くとき遠くすべてと離れてもゆく

暗やみに目のなれたころすたこらとここを横切るリスがまぼろし

*

つきまとふこどもでありしむかしからひとつも減らずさびしさは粒

ていねいに雨を乾かす風吹いてヘビノマクラがそよそよ戦ぐ

アザミの実からだについてぽつねんとコロがわたしを待ちしあの秋

のぼり旗たふらたふらと秋風に入居者募集の熱意はみえず

こんな雨ふるのか秋のはじまりは底意地といふものをしめらす

あなたに非ず

ゐるやうな気がして外をのぞくときほぼゐるきつね老いさらばへて

ぼんやりとわが聞きこぼすことばことば　いづこか広野に降り積もるらむ

あまやかな余韻のこせる弦楽を欲すすなはちこれはひだるさ

来るかなと窓の外（と）みれば来るものが例のきつねであなたに非ず

この雪と交はる女あるだろかダナエのやうに脚をひらいて

こまおくりただひとこまの片隅に見切れて君の背中なるらむ

忘れおきし背中やひとをおもひだす早々灯す夜のあかりに

ひとの夢に片膝たてつめよりしわれとふ永久にとどまりてゐよ

＊

車体よりすべり落とせる重き雪春になつたらなにするわたし

いづれの日

塗りくすりひんと沁みたり左すね身も世もあらず搔きたるがゆゑ

手ごたへのないこともない現実のタッチパネルにあてる指腹

円グラフもつとも狭い面積の「その他」に今日は座つてゐたい

鼻歌とあなたはいふが切なくて呻く声ではなからうか、これ

おそらくは一度も言ったことのない「メヌエット」かな父のくちびる

すべきことわからずなりてなでおろしわが身いたはる首肩腕と

いづれの日うまるるあそびぎしぎしとねぢくぎくさびのたぐひ弛みて

黒の猫

血縁はいたましきあを弟はつゆ草母は桔梗のあをさ

午後ゆらり立つかげろふの向かうがは軍服のひとおかへりなさい

美奈さんの飼ふ猫いつもシロでありさういふわたしも二匹目のコロ

白の花むらさきの花きいの花ためらはず踏む黒の猫かな

*

花冷えのブラームスさんあいにくとかける毛布がもうありません

カウント

満開の下に歩みを止めしとき左右（さう）の手そつと体に添ひぬ

りろりろとトリルののちに着地してことしの花もしづかにをはる

数へなほす日にち順番三拍子小銭それからまたずんちやつちや

七月のこずゑの間より洩れ落つる音きくわれらひとりひとりで

音楽は胸のたかさに垂れ籠めてこのくるしさは所詮よろこび

夜といふつめたきものをまねき入れのちうつくしくゆがむ窓あり

葉のうへをみづはころがるこのやうな色うつくしきおもひで欲す

昨夜の始末

あまりにもかたち綺麗なわかれゆゑこれはなにかの結晶だらう

要するにおのれかはいさ　ではあるが暗やみ人込みその他おそろし

絶望にほぼ似てゐるな朝方の寒さに覚めて昨夜の始末

あの時のすすき野原は胸にある仰向けにをればなほひろがりて

せつなくてつとおちるかな涙かな死にものくるひになりしことなし

放浪の旅に出るとふ空想の途中ぼんやり果てはきれぎれ

耳はさほどは

どの草も根をもつ根とはつね湿り春夏秋の、冬の深みに

もうこれで根雪とわれら諦めか覚悟かひと日無口にすごす

もの噛むを途中でやめてそばだてる耳はさほどは聞き分けずなり

降りつづく夜半の窓辺におもひをり笠地蔵とふやさしき伽（はな）し

春までのあとしばらくをうつむいて長ぐつはいて雪みち通ふ

グールドに弾いてもらはう新年会終へてしれつと戻り来し部屋

現実もまぶたの裏のまぼろしもさかひめあらぬただ雪野原

独身と単身と住むアパートのいづれの窓も灯りてをらず

昼過ぎの陽にあとかたのなくなりしひさしの雪よさよならもせず

シャンデリア

シャンデリアこの装飾の哀しさが何かに似てるたぶんわたしに

度を越したゆっくりで降る今日の雪こんなことにも意味はあるんだ

つま先につんと蹴とばすものが欲し意味も理由も小さいものが

はらほろひれはら

いまとても良いと感じた音程の「ライス大盛り」もういちど言へ

いつかうに明日の準備がはかどらずそもそも明日とはなんなのだらう

はらほろと途方にくれることがある缶切り栓抜きもたぬ生活

何事にこころ囚はれかうなるか襟袖をれて裾はみだして

終はつたといふまでのことなかぞらにいちど漂ひ桜ひれはら

*

たんぽぽは屈託ないかさうかなとまぶしい朝をわたし不機嫌

開き窓　五月あめかぜ涼しきを招いて聴かすサラバンドあれ

ゆっくりとこころひきずる三拍子あひまの声は「先におやすみ」

Ⅱ

落としどころ

夏を去る小舟かあれは見え隠れああ遠のくを寝ぎはに追ひつ

うつろなる小さき舟に導かれ落としどころで眠りに落ちる

昼過ぎて風はをさまりアカシアはわづかかすかも動揺をせず

薄紙につつまれゐしかうたたねよりかへれば楽章移りてをりぬ

紫の秋のひと日を惜しみたりやさしきにごりをみせつつ暮れゆく

ひと逝きし十月五日だれに問ふその明け方も冥かりしかと

たましひにあらずアザミの綿毛なり「行くね」と告げて行きてしまひぬ

残響

NHK-FM「古楽の楽しみ」礒山雅氏が
たましひとぢかに通へるほそき道ありてたどるはフルートの音と

カトリック留萌教会フリデリッヒ神父が
天国はどんなところかその答へひとつはバロック音楽です

平明に言葉残れり「たましひ」のまた「天国」の響きのなかに

枯れ菊にみぞれ降りをり淋しさのたとへではなく見ゆるそのまま

重なりし厚みのなかのひとひらでありたし落ち葉の枯れ葉のわたし

残響を遠くのばして立冬や「有るか無きか」は「有る」といふこと

夢寒（ゆめさむ）ぢやなくて夢醒（ゆめさむ）だつたのかやうやく気づく二〇一四年

蓋とりて匙までさして「これ食へ」と置かれたれどもいまさらプリン

十二回同じところでしくじってにれかむやうに一年終はる

グレー・グラデーション

青き闇ここに立つ樹があるはずと見つめて待てりその輪郭を

しづかにも夜は明け樹々の微細なるふるへを見せる　歓びに似る

またリスか　左の耳に尾が触れて背中に流れゆきしまぼろし

己が首すいと撫づれば温とさがその人だといふひたに会ひたき

朝すでにこんな暗さの海である救ひ求めよ求めよと鳴る

この海をこれから何度も見るけれど積もりし雪のむかうの海を

ともなへる影がため息もらすなり歓喜か嘆きかいづれでもなし

横にゐたかなしみまでも黒ずんで半分あいたドアから逃げる

タンジール窓に眺むる空色といへばうつくしそれを知らねど

エリーゼにすこしの邪心　譜面ではどうなつてるか知りませんけど

うつくしいことの説明むつかしく「これ」と根つこのありさまを指す

極月や吹雪に息をふさがれて祈りの歌はキリエキリエと

〈眠る人〉〈旅に出る人〉それぞれの書き置きがある冬の灯の下

あふぐとき眩暈のやうにおそろしい雪よわたしをもう終はらせよ

つごもりの空へか土へか帰る人たつた一度もふり返らずに

わたし終はればリスも終はれる見つめあひおまへは空にわたしは土に

単線

睡魔王わたしを何度も抱き落とす単線を行き帰る立春

ふるさとは雪明かりしてあるものをわたしの一人きりの弟

ふゆがもつれて

白雪（しらゆき）でなく白雪（はくせつ）であるならばせつなきさびしきそのくちづけよ

いとまごひのお辞儀のままに出でゆけり二月をはりの陽射しの部屋を

少しづつ失敗をして一仕事すすめてゐたり終はるが大事

身からでた錆といふものざらついて払へばこの世をこぼれてゆくか

はじめからそのつもりだといふ態で冬がもつれて戸のへりにをり

ゆつくりとほどけてこれでさやうなら紙屑みたいな雪とあたしと

*

あたしには猫一匹もついてこずてくてくゆけば最果てである

触れ合へばそこが傷つく相当なはがねも弾むゼリーも然り

思ひとはかうも募りてゆくものか生ごみ入れの鈴カステラよ

あなたに、あなたへ

とことはに降りつづくかな桜かな春よりあらぬ極楽と聞く

乳呑み児を死なせて鍋に隠したるさぶしき夢よ夢にあらぬか

目覚めても目覚めてもまだ夢にゐて鬱金香を今覗いたところ

日の暮れを律儀にしぼむ花ありてこの世の何をうたがふべきや

夕光（ゆふかげ）に色濃くなれる町並みようつくしければすべてが祈り

すれすれに春の和毛が触れてくる喜びにして悲しきものが

この記憶ところどころが雨に濡るあなたのそれと重なりますか

鮮やかにそして香（かぐは）しものなれど届かぬ位置にそれはありたる

あんなことこんなことみな絵空事あららわたし蝙蝠を飼ふ

みぎひだり黄色い花が咲いてゐるこれはこの世の夏の路なり

いちりんと月をかぞへて揺らしたり微かに聞こゆるノクターンがため

ああしたりかうしたりして「みて」といふ　この世あの世のあなたに、あなたへ

みてきいてわかつてわたしをそのあとは忘れてそしていつか探して

八月の生れしばかりのわれを抱きヰオロン弾きのごとく父をり

カザルスの奏する腕のなかにゆきやうやくけふのまなぶたを閉づ

ホ短調フーガ対唱あたりまで眠りのまへの記憶有耶無耶

ボオドレエルが「下水の中のどぶ」と謂ふその後の潔きしじまのために

歳月の月日の日時のいづみあり喉を潤し足を濯ぎぬ

満月が湖面にくだけ怖づ怖づともとの姿になることさびし

どなたかの生まれ変はりとおもふまですぐれしやんまエントランスに

額に手をあてて嘆きははかなかなかなガヴォット終はるころにはをらず

十月は雨ではじまるその雨は悪怯れるなく地を叩く雨

絶え間なく雨の暗さにまとひつくエレミア哀歌　頰寒くして

龍之介《くら暗(やみ)》といふこの中に細光りする銀の色かな

「神経の衰弱」「城門(もん)の荒廃」をいかにみてゐる十月の雨

G線上でもないアリア

暴虐のみぞれ夜を行き深淵の海沿ひ走るスタッドレスか

心身にこたへるそれはさびしさよ冬のタイヤの経年劣化

灰色の真珠ころころ口短調間奏曲の老ブラームス

若さとは声であるかも読経のアリアのごとく聴こゆる夕べ

小春日の光をすべて捧げますマドリガーレにリチェルカーレに

パリが燃えローマが沈むしづけさにこの秋たけてゆくさまは見ゆ

をはりは舟謳（バルカローレ）

ゴンドラはたとへば柩　横たはり見てをり空と舳先の飾り

ゴンドラはこの世はなれてゆくときの黒き乗り物　夜風ともいふ

寒くなく苦しくもなくあふむけにただよふうへに花降るばかり

傍にたち櫂を持つひときみならねゆかしかれどもきみにはあらね

このひとはわが亡骸を渡すひと　たれとわからぬひとに安らぐ

ゴンドラは岸に着きたり凄まじくしづかに歌が消ゆるとともに

救ひ

街路樹がしやがれてわたしを慰める「おまへはいいよ、おまへのはいい」

「冬の夜」と題名つけて掛けられし絵ではあらぬかわれの歩める

はらからの子犬数匹押しあへる互ひにやはき力に押せり

枯れし犬みづにしづめて戻すゆめ犬は一命とりとめてをり

冬は春に夜はあしたにあくがれてまぼろしなみににちにちは消ゆ

別れがたき夜と別れてきたゆゑかうすくれなゐの朝の空なり

はらはざるコートの雪は脱ぎしときわが身めぐりにきらきらと落つ

アパートの窓にくきりと月見えていま手放せるかなしみがあり

未だ暗き部屋にラジオの人が告ぐ朝のあいさつせせらぎに似る

立春やあなたにましてなつかしき水際(みぎは)の草よ草の匂ひよ

まんまんとみづの気配のするあした一対の肺われに備はる

Ⅲ

叙唱〈レチタティーヴォ〉

無言歌集に「後悔」はあり「慰め」はあり「別れ」より先に置かれて

ではなぜに夜は来るのか痛みまでなくしたからだのこのからつぽに

触らむと手ののびるまできはやかなかなしき音がありたるも　消ゆ

捨てたもの逃げ去つたもの忘れたもの多く失くしてからつぽで　楽

追ふやうに逃るるやうに藍色の渦に巻かるるバンザイをして

みつしりと棘の生えてるこの背中わたしの背中か　であれば夢だ

これは夜　夜の傷口　生ぬるき舌のさきもてたれかひろげよ

取り落としたものがもつともうつくしい　なにをもつかむなかれ十指よ

まだ下へもっと沈んでさいごには地(つち)にくちづけする低さなり

声にせぬ祈りのもとに訪れぬ　夕べの星や　朝のさへづり

寝台にゐてだふだふとおぼるる愚「明日の朝」とふ約束ののち

このみづの重たさだけはほんたうだ　この身をたれも助くるなかれ

なんらかのしもべとなりて私を滅ぼしたきにしよせんわたくし

冴え冴えと真夏粉雪降りくだれ　このひとにはもううんざりなのよ

このひとのつまりわたしの思惟なれど理解不能の手紙下書き

冷淡な相手好ましさながらに終はりかたよき楽曲をきく

さりながら暁のころ嘆願のまだもうすこしはわたしの声か？

木陰にて歳月などをかぞへをり葉のおもてうら諾否にあらず

みじかきかながきかしらず歳月のかたはらにゐてときにしやがめる

バランスの取りかたとして草毟り蟻退治など人のそれぞれ

出生地離れず住みてほほづきも舌もくちびるも苦くてならぬ

昼ともる蛍光灯は悪たらしもののほのかなかげりを奪ふ

うすみどり葡萄かがやく卓かこみまなかひのひと透りゆくかも

おのが身の崩れなだるるさま見えてこの独白は続けるべきや

つぎつぎと着衣放りて八月のなにか変身するわたくしか

雨のあと冷たき風の入り来るを寝そべりながらおかへりなさい

カナリアのくちばしほどのいつはりがけふいちにちのよき宝物

言葉ではだめなんだらう然れども海のうへなる夕雲の朱よ

ゆきすぎる車の音は涼しくて深夜のまどはふかき藍色

くるしめとかなしめとあな夜は来るここにとなりにわたくしが夜

独奏〈ソリテリー〉

雨の日のわたしではなく雨の日がわたしなんだよ　黙つて、見てて

どれの木もいまゆつくりと目をとぢておのおのをへる夏のいちにち

ねむる木に降りくだされる月あかり　疲れたでせうああ疲れたさ

心地よい眠りは来るよ下手から芝居の幕を引くやうにして

失ふにあらず命は転ずるとかかる言葉にうべなふ日あり

弱りたるこころに聞けばすべて哀しサヨナラ負けとよサヨナラ勝ちとよ

スポーツに関心あらず然れどもこの泣いてゐる男が羨し

「わが国」てだれのどの国「わが国」の条文・歴史・名称忘る

終戦の日の正午なる黙禱にまとはりついてベニシジミ蝶

ぼろきれのやうな雲ある午后にゐて喉は冷たき水飲みくだす

まぼろしと頬ずりしつつ窓越しの夏空を見る飛ぶ鳥を見る

日の暮れにさへづる鳥としたしみて家路は細き石みちがよき

川の面を走りわたしに来た風を抱いて向かうに渡す七夕

いづこより流れて来しかあらくさのなかに羞（やさ）しきヒナゲシひとり

いづこにも流れぬみづがあるとしてみづはこの世をはかなむみづか

わが知らぬライン川底わが知らぬドナウさざなみ　いい、知らなくて

風を得て草らやさしく揉みあへり向かう岸にはエゾノオトギリ

中身知らぬかなしみひと日とどまれる　ゆけよとみづに乗せてやる影

ただひとつ願ひがありて目瞑れる　心より出で心に入れと

すがりつく風なだめつつ川を去るさびしくないよ心配ないよ

降りだした音と思へばさにあらず電気ポットに湯の沸くしらべ

降りしづむ七夕雨のごときかな悔いひとつあるわたしのからだ

風量の「微」をえらび押すたびに律儀なピ音のリモコンボタン

われはせずリモコンほどのよき返事「わかつてるつて」と盾突くもせず

蜜蜂が花に通へるそのやうに勤めに通ふ　ゆゑに晴れろや

驟り雨　離別死別のくるしみは輝くさへする濃き草叢に

あのときの凍える言葉を解きたれば傘さすほどもない雨に似る

化身してけものになりてわが心なにをわすれずゐられるだろか

消え残る火の色おもふつかの間の暗くしづかな浄きこころを

月かげを反してたかがアスファルト今夜死ぬほど　見よ、うつくしい

あとがき

『叙唱　レチタティーヴォ』は、わたしの第三歌集となる。二〇〇八年から二〇一五年までおよそ八年間の作品の中から三八〇首を収めた。前集『ゆき、泥の舟にふる』と同時に準備をはじめたものだが、順番に一冊ずつお届けしたいという希いから、半年ほど期間をおいての出版となった。

ほとんどは所属する「短歌人」に寄せた月々の作品で、Ⅰ・Ⅱ章ともにほぼ製作順、Ⅲ章には結社賞に応募した三十首を、記念にふたつ収めて区切りとした。

ある時期から旧仮名遣いで短歌を書いていきたいと思うようになった。ただ当初はかなりあいまいで、途中で新仮名遣いにもどってみたりまた混在していたり、いい加減な間違いもずいぶんしていた。仮名遣いに関しては、今回、間違いは正し、読みにくいものは手直しをした。それでも未熟な作品ばかりである。拙く不出来であっても捨てがたく思うものを残したのは前集と同様である。

第二歌集、第三歌集と無事まとめ終え、これでこれまでの作品の整理整頓ができた。この作業を進めながら、どの時期のわたしにも短歌があったのだなとあらためて感じた。過ぎ去ったと思っていた歳月がこのようなかたちで残っていた。残っていたといって、わたし以外の誰に価値のあるものではないが、わたしに、短歌があってよかった。素直にそう思えた。

今回も六花書林の宇田川寛之さんには、何かと手助けをいただきました。そして前集と同様に矢吹尚也さん撮影の写真、真田幸治さんのすばらしい装幀により、愛おしい一冊をまたひとつもつことができました。

「短歌人」をはじめ多くの先輩同輩、歌友のみなさま、近くで遠くで励ましてくださる親愛なるみなさま、あなたに、あなたへ、心から感謝を申し上げます。
ありがとうございます。

阿部久美

二〇一七年　如月

叙唱　レチタティーヴォ

2017年3月19日 初版発行

著　者――阿 部 久 美
〒077-0028
北海道留萌市花園町4－5－1－201

発行者――宇田川寛之

発行所――六花書林
〒170-0005
東京都豊島区南大塚3－44－4　開発社内
電 話 03-5949-6307
FAX 03-3983-7678

発売――開発社
〒170-0005
東京都豊島区南大塚3－44－4
電 話 03-3983-6052
FAX 03-3983-7678

印刷――相良整版印刷

製本――武蔵製本

定価はカバーに表示してあります
ISBN978-4-907891-41-1 C0092